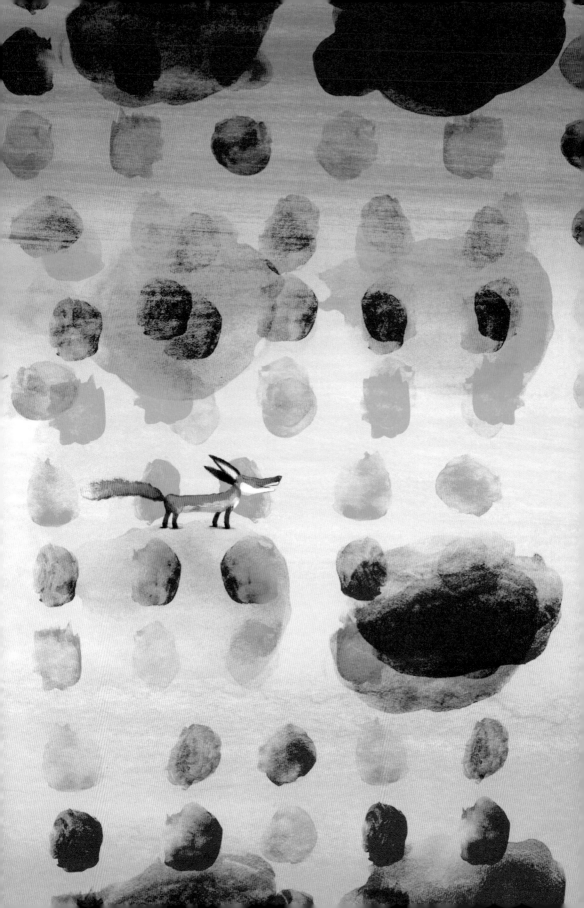

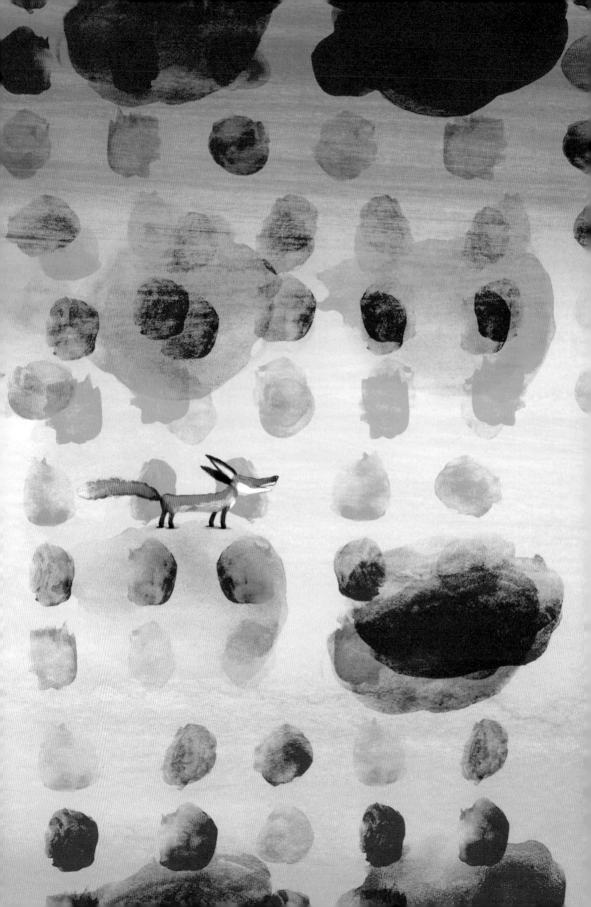

獻給雷昂・維赫特

　　孩子們，請原諒我，我把這本書獻給了一位大人。主要的原因是，這位大人是我在世界上最好的朋友。第二個理由是，他什麼都能理解，連孩子們讀的書也不例外。第三個理由是，這位大人住在法國，他正挨餓受凍，非常需要旁人安慰。如果這些理由聽起來不太充足，那麼我希望把這本書獻給這位朋友的孩提時代。因為，所有的大人都曾經是孩子（雖然很少人會記得這件事）。所以，我會將獻詞修改成這樣：

　　獻給小男孩時的雷昂・維赫特

目次

1. 真實的故事

六歲的時候，我曾經在一本書中看過一張精彩的插圖。那是一本關於原始森林的書，書名叫做《真實的故事》。書中畫了一條吞了頭猛獸的蟒蛇。我把牠重新畫在這裡。

這本書裡面說：蟒蛇通常會將獵物整個吞下去，嚼都不嚼，因而動彈不得，接著要整整睡上六個月，才能將獵物完全消化掉。

那時，我反覆思索著這些叢林裡的冒險故事，然後，自己也拿起彩色鉛筆，完成我的第一幅畫。我的第一號作品，畫的就像這樣：

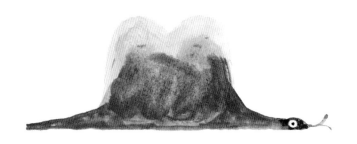

我給大人們看我的傑作，問他們會不會覺得很可怕？

他們都回答：「一頂帽子有什麼可怕的？」

我畫的其實不是帽子啊，而是一條正在消化一頭大象的蟒蛇。大人們總是需要許多說明解釋，為了讓他們可以看得懂，我只好將蟒蛇肚子裡的情況也畫了出來。

於是，我的第二號作品變成這樣：

　　大人們卻紛紛勸我不要再畫蟒蛇了，不論看得見或看不見裡面的蟒蛇，都不要再畫了，反而應該要把心思放在學習地理、歷史、算術，以及文法上。就這樣，六歲那年，我便放棄了成為畫家的偉大志向。我的第一號及第二號作品並不成功，讓我感到挫折。面對所有的事情，大人們總是不靠自己去了解，反而要孩子們向他們解釋得清清楚楚的，這實在很累人。

　　後來，我不得已選擇了另外一個職業。我學會了開飛機，而且幾乎飛遍了全世界。果不其然，地理知識的確幫了很大的忙，我只要瞥一眼，就能夠分辨出中國和亞利桑那州。尤其，如果在夜裡迷航了，這些地理知識真的很有用。

　　在往後的人生中，我有大量機會和許多認真的人相處，也跟許多大人們一起生活過，就近觀察他們，但我對他們的看法沒有太多改變。

　　有時候遇到我覺得思慮清晰的人，我便會拿出我一直保存著的第一號作品來測試對方，想知道他是否看得懂。但對方總是回答我：「這是一頂帽子。」聽到這樣的答案，我就不會再和他談論大蟒蛇、原始森林，或是天上的星星。我會盡可能迎合他的興趣，聊聊橋牌、高爾夫、政治或領帶等話題，而這位大人則會因為認識一位像我這樣明理的人而感到高興。

2. 請幫我畫一隻羊

　　我就這樣孤單的生活著，甚至沒有人可以談心。直到六年前，我的飛機在撒哈拉沙漠發生了意外，情況才有了轉變。當時，引擎裡某個零件故障了。飛機上只有我一人，既沒有乘客，也沒有技師。我得獨自一人進行艱鉅的修理工程，而身上剩下的水只夠撐八天，眼看著生死關頭已經迫在眉睫。

　　第一個晚上，我只好獨自一人睡在遠離人煙千里之外的沙漠中，那分孤寂，猶勝於遭遇船難而乘著木筏在茫茫大海中漂流。然而，天剛破曉時，我竟然被一個奇特的細微聲音叫醒。您可以想像，當時的我有多麼驚訝。

　　「請您……幫我畫一隻羊！」

　　「什麼？」

　　「幫我畫一隻羊……」

　　我好像被雷擊中了一樣，一下子跳了起來，立刻用力揉揉眼，希望看得更清楚。只看見眼前出現一位超凡脫俗的小男孩，認真地打量著我。這是我後來為他所畫的畫像裡最好的一幅。當然，我的畫，比起本人，那可遜色多了。不過，這不能怪我，因為六歲那年，我便因為大人的打擊而放棄成為畫家，因此，畫完蟒蛇的外觀和內部之後，再也沒有學過繪畫了。

不要忘記，我仍舊身處於遠離塵囂千里之外的地方，而眼前的景象，不禁讓我瞪大了眼睛，感到不可置信：這位小男孩，看起來毫無倦容，既不饑渴，也無所畏懼，一點都不像在遠離塵囂的沙漠中迷了路。一會兒，我終於回過神來，開始和他說話，我問他：

「你⋯⋯在這裡做什麼？」

然而他卻以輕柔的語調重複問我一遍：「請您⋯⋯幫我畫一隻羊⋯⋯」，彷彿這是一件很嚴肅的事情。

這個要求，在這生死交關之際，在這遠離人煙千里之外的荒蕪之地，顯得荒謬至極。然而，一股巨大的神祕感令人不敢不從，我只好從口袋中拿出一張紙和一支筆，但又立刻回想起，其實我只學過地理、歷史、算術和文法，於是，我沒好氣地告訴這位小男孩，我並不會畫圖。他卻回答我：

「沒關係，請幫我畫一隻羊！」

我真的不會畫羊，只好從我會畫的兩張圖中，重新畫了蟒蛇外觀那一張給他。他的回答讓我目瞪口呆：

「不！不！我不要被蟒蛇吞進肚子裡的大象，蟒蛇太危險了，而大象也太笨重了。我所居住的地方非常小，我只需要一隻綿羊，請幫我畫一隻綿羊。」

於是，我只好畫了一隻羊。

他仔細看了看,然後說:

「不!這隻羊病得很重了,請再畫一隻給我。」

我又畫了一隻:

這一次,我的朋友面露寬容,溫柔的笑著說:

「你自己仔細看……這不是一隻綿羊,牠有角,這是一隻公羊!」

我於是再畫了一張,但又像前面幾張一樣,被他拒絕了。

「這隻太老了,我想要一隻能活比較久的羊。」

我已然失去了耐心，由於急著要去修理引擎，於是便草草的畫了這一張：

　　我接著宣稱：
　　「這是一只箱子，你要的羊就在裡面。」
　　然而，出乎意料之外，這位年輕評審的臉龐竟然亮了起來：
　　「這就是我想要的，你想這隻羊需要吃很多草嗎？」
　　「為什麼？」
　　「因為我所住的地方非常小……」
　　「絕對夠的，我給你的是一隻非常小的綿羊。」
　　他低頭湊近看著圖：
　　「也不算太小……你看！牠睡著了！」
　　就這樣，我認識了這位小王子。

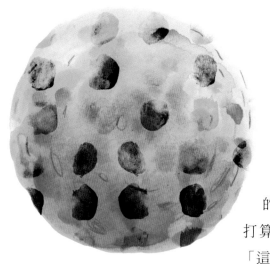

3、 來自天上的星星

我花了許多時間，才知道他從哪裡來。小王子不斷向我提問，卻絲毫聽不進我的問題，反而是從他不經意吐露的隻字片語中，我才一點一滴的拼湊出蛛絲馬跡來。當他第一次看到我的飛機時（飛機太複雜了，我不打算畫出來），他便問我：

「這是什麼東西？」

「這不是東西，它會飛，是一臺飛機，我的飛機。」

讓他知道我會飛行，我感到有些得意。他大聲嚷道：

「什麼！你從天上掉下來？」

「是呀！」我謙虛地回答他。

「啊！真是有趣……」

小王子接著發出一陣輕亮的笑聲。不過，這笑聲令人大為光火，我希望別人能夠認真看待我的不幸。他接著補充說：

「那麼，你也是從天上來的！你是從哪一個星球來的？」

關於他究竟從何而來這個祕密，我突然瞥見一絲線索，趕緊問他：

「所以你是從別的星球來的？」

他沒有回答我，卻輕輕地搖著頭，凝視著飛機：

「的確，你不可能乘著這個東西，從那麼遠的地方來……」

他沉思良久，然後從口袋拿出我畫的羊，專注地凝視著他的寶物。

您可以想像，「別的星球」這個讓人似懂非懂的祕密，勾引起我多大的好奇心？於是，我竭盡所能地想要知道更多：

「小傢伙，你是從哪裡來的？『你家』在哪裡？你想把綿羊帶到哪裡去呢？」

一陣沉思默想之後，他回答我：

「幸好，有你給我這個箱子，夜裡，正好可以當作綿羊的家。」

「當然，如果你乖的話，我會再給你一條繩子，白天的時候，就可以把牠拴住。還有一根木樁來繫繩子。」

這個提議似乎讓小王子感到意外，他說：

「把牠拴住？這是多麼奇怪的想法啊！」

「但如果你不把牠拴住，牠會到處亂跑，然後走丟了……」

我的朋友又笑了起來：

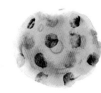

「你想牠可以跑到哪裡去？」

「往前直走，哪裡都可以啊……」

小王子有些慎重地接著說：

「沒關係，我住的地方真的很小！」

然後，他帶著些許感傷，又補充說：

「就算往前一直走，也走不了太遠……」

4. B612

　　就這樣，我發現了第二件重要的事：他來自的星球，不會比一間房子大多少！

　　這個發現並不會使我太驚訝。我知道，除了有許多已經被命名的星球，像是地球、木星、火星、金星等等，還有其他成千上百顆星球，有時因為太小，從望遠鏡並不容易觀察到。天文學家一旦從中發現任何一顆星球，便會以數字來命名，例如「3251 行星」。

　　我有非常充足的理由相信，小王子來自的星球就叫做 B612 行星。這顆行星直到 1909 年，才被一位土耳其天文

學家發現。

　　這位天文學家在一場天文學國際會議上正式發表了他的發現，但僅僅因為他的穿著，會議上竟然沒有人相信他的研究成果。大人們就是這樣。

　　幸好，為了 B612 小行星的聲譽，當時土耳其的一位獨裁者，下令所有人民都必須穿得跟歐洲人一樣，否則便處以死刑。1920 年，這位天文學家，穿著光鮮，再度發表了他的研究。這一次，所有人都相信他了。

　　我說了這麼多關於 B612 行星的細節，甚至連它的編號都說了，這是因為大人們總是喜歡數字。當你跟他們聊到你的新朋友，他們總是不想了解他本身，從來不會問：「他的聲音聽起來如何？他喜歡什麼消遣？他收集蝴蝶嗎？」反而會問：「他幾歲？他有幾個兄弟？他的體重多少？他父親的收入是多少？」彷彿如此才覺得認識他。如果你跟大人們說：「我看見一棟美麗的房子，砌著粉紅色磚牆，窗臺上開滿天竺葵，屋頂上有許多鴿子……」他們其實是無法想像這棟房子的。你必須說：「我看見一棟價值 10 萬法郎的房子」，然後你會聽到他們的讚嘆：「多麼美麗啊！」

　　因此，如果你告訴大人：「小王子存在的證據便在於他的迷人、他的歡笑，在於他渴望擁有一隻羊。當有人渴望擁有一隻羊時，就足以證明他的存在。」他們一定會聳聳肩，認為你很孩子氣。但是，如果你告訴他們：「小王子來自的星球正是 B612 行星」他們就會相信，然後不會再問太多問題。大人們就是如此，孩子必須對大人盡可能

寬容，不能責怪他們。

　　但是，當然，像我們這樣知道人生是怎麼一回事的人，就不會太在乎這些數字了！我多麼希望能像以童話的方式來開始述說這個故事，我想要這麼說：

　　「從前從前，有一位小王子，就住在一顆只比他自己大一點的星球上，他很渴望有一個朋友……」，對於知道什麼是人生的人來說，這聽起來比較貼近真實。

　　我並不喜歡有人輕率地讀這本書，因為要訴說這些回憶，是令人如此的悲傷。我的朋友帶著他的綿羊離開，已經六年了。現在，我坐在這裡，試著把他描繪下來，正是因為我不想把他忘記。忘記朋友，是一件多麼讓人難過的事。畢竟不是每個人都真正擁有過朋友，而我也可能變成那些只對數字感興趣的大人。因此，我買了一盒顏料和畫筆，想要把他畫下來。在我這個年齡，要重拾畫筆不是一件容易的事，尤其，在六歲那年畫過看的見和看不見裡面的蟒蛇之後，我就再也沒有畫過其他圖畫了。當然，我盡可能畫得逼真一點，但我並不完全確定是否有做到。有時感覺這張好一點，而那張不太像。我也可能搞錯了他的身高，這張可能太高了，那張又可能太矮了。我甚至不太確定他外套的顏色。畫來畫去，時好時壞，甚至可能弄錯了某些更重要的細節。但請各位原諒我，因為我的朋友未曾對我說清楚。他或許認為我跟他是同類人，然而，很不幸的，我其實無法看到箱子裡的綿羊。或許我和其他大人有些相似，畢竟我也老了。

5. 小心猴麵包樹

每一天，我都多知道一點點，關於他的星球，他的出走，以及他的旅程。這些點點滴滴，都是在他回想時不經意吐露出來的。就這樣，第三天，我得知了猴麵包樹的悲劇。

這一次，又是因為綿羊的緣故，小王子非常擔心的突然問我：

「綿羊會吃小灌木，這是真的？」

「是，這是真的。」

「啊！我真高興。」

我不明白，綿羊會吃小灌木，這有什麼重要，但小王子接著問：

「這麼說來，牠們也會吃猴麵包樹囉？」

我試著讓小王子了解，猴麵包樹並不是小灌木，而是像教堂那麼大的樹，即使來了一大群大象，也啃不掉一棵猴麵包樹的。

「一大群大象」這個說法讓小王子笑了出來：

「那應該要把牠們一隻隻疊起來。」

但他也很聰明地注意到：

「在長大之前，猴麵包樹也曾經是小樹苗啊！」

「的確是，但你為什麼希望綿羊吃這些小猴麵包樹呢？」

他回答：「唉，這還用說。」好像這是不證自明的事情，我必須自個兒費勁去弄懂這個問題。

事實上，小王子的星球和其他星球一樣，有好的植物，也有壞的植物。好的植物由好的種子而生，壞的植物從壞的種子而來，但種子卻是看不見的。它們沉睡在神秘的地底下，直到有顆種子忽然渴望甦醒，然後向上伸展，開始靦腆地向太陽伸出那迷人且無害的小枝葉。如果是蘿蔔或玫瑰的枝苗，可以任其愛怎麼長就怎麼長，但如果是壞苗，只要一發現，就必須把它拔掉。否則，就會像小王子的星球上曾經出現過可怕的猴麵包樹種子……，在土壤裡蔓延成災，如果太晚才發現，就再也無法清除。猴麵包樹將會盤據整個星球，用根莖把它鑽穿。如果星球很小，而猴麵包樹太多，整個星球將會爆裂開來。

　　「這是紀律問題。」小王子隨後告訴我：「每當早晨梳洗完畢，也還必須細心為星球梳洗。猴麵包樹苗和玫瑰樹苗其實長得很像，一旦可以辨識出來，就必須強迫自己規律地把它清除掉，這工作雖然乏味，卻很簡單。」

　　有一天，他建議我用心畫一幅漂亮的畫，好讓我家鄉孩子們可以明瞭這件事。「如果有一天他們去旅行，這會很有用。」他告訴我：「有時候，工作拖延了，不會有什麼妨礙，但如果遇到猴麵包樹，就會釀成災難。我知道有一個星球，住著一個懶惰的人，他曾經放過了三棵樹苗……」

　　所以，在小王子的說明下，我畫下了這個星球。我一點都不想要以道德學究的口吻來說話，但因為大家都不認識猴麵包樹的危險，尤其倘若迷失在小行星裡，就要冒非常大的風險。因此，我願意打破慣例的說：「孩子們，小心猴麵包樹！」為了警惕朋友們，不要像我一樣，常常暴

露在危險中而不自知，我非常認真地畫下這張圖。這件事情非常重要，值得我下功夫來做。或許，您會問：為什麼這本書裡的其他畫，都沒像這幅畫這樣壯觀？答案其實很簡單：我曾經試過，不過沒有成功，但當我畫猴麵包樹時，內心卻有一股急迫感驅使著我。

6、　四十三次落日

啊！小王子，我逐漸了解你那憂鬱的小生命！一直以來，你唯一的嗜好就是欣賞落日餘暉，這是我在第四天早上的新發現。你說：

「我很喜歡落日，讓我們去看落日吧……」

「可是，我們得等一等……」

「等什麼？」

「等太陽下山。」

起初，你看起來很驚訝，不一會兒便自顧自地笑了起來，對我說：

「我以為我還在自己家！」

事實上，大家都知道，當美國正午時，法國正是夕陽西下。如果我們可以一分鐘瞬間移動到法國，就可以欣賞到落日。但很不幸，法國是如此的遙遠。相反的，在你的小星球上，每當你想看落日，只要將椅子移動幾步，隨時都可以欣賞到黃昏暮色。

「有一天，我看了四十三次的落日！」

稍後，你又補充說：

「你知道的……當人非常難過時，總是喜歡看落日。」

「看四十三次落日的那天，你非常悲傷嗎？」

然而，小王子並沒有回答我。

7. 花和綿羊的戰爭

第五天，又是拜綿羊所賜，我得以窺見小王子生命中的祕密。這一天，沒由來的，他突然問我一個似乎在他心中已默默思量許久的問題：

「如果綿羊會吃灌木叢，牠是不是也會吃花？」

「綿羊看到什麼就吃什麼。」

「即使是有刺的花？」

「是的，即使是有刺的花。」

「如果這樣，那刺有什麼用呢？」

我毫無所悉。那時，我正忙著從引擎上卸下一顆栓太緊的螺絲。我發現飛機故障得很嚴重，感到憂心忡忡，而且水快要喝光了，眼看最壞的情況就要發生。

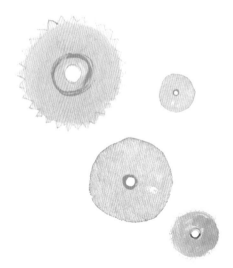

「那麼，刺有什麼用呢？」

小王子一旦問問題，一定會追根究柢。我已經被螺絲搞得很煩了，便隨意回答：

「刺，什麼用也沒有，那純粹只是花兒要展現她的兇悍而已。」

「噢！」

一陣沉默之後，他忿忿不平地說：「我不相信！花兒是那麼的纖弱、如此的天真，她們總是盡其所能保護自己，總是相信自己身上的刺很厲害……」

我沒有答話。在那一瞬間，我心裡正想著：「如果拔不動這個螺絲，我只好用鎚子把它敲下來。」小王子再度打斷我的思緒：

「你相信嗎？花兒們……」

「喔，不！不！我什麼也不相信！我只是隨口說說，我正認真忙著重要的事情。」

他很驚愕的看著我。

「重要的事情！」

他看著我手上拿著槌子，手指頭沾滿了黑漆漆的機油，彎身伏在一個他覺得奇醜無比的東西上。

「你說話的口氣就跟那些大人一樣！」

他的話突然讓我覺得有點慚愧，而他毫不留情地接著說：

「你全都搞錯了，全都混淆在一起了！」

他非常地生氣，一頭金髮隨風顫抖著。

「我知道有一個星球，上面住著一位滿臉通紅的先生。他從未聞過花香，從未抬頭看過星星，也從未愛過任何人。除了算術以外，他什麼都沒做過。他整天就像你不停地說：『我是一個認真的人，我是一個認真的人』，看起來驕氣十足。但是，他根本不是人，只是一朵蘑菇！」

「一個什麼？」

「一朵蘑菇。」

小王子氣到臉色蒼白。

「幾百萬年來花兒都長著刺，幾百萬年來綿羊連花都吃，難道我們不需要想辦法去弄懂花兒為何要自找麻煩，長了刺卻一點用都沒有，這不就是一件重要的事情嗎？花兒和綿羊間的戰爭難道不重要嗎？難道不會比那位滿臉通紅的胖子先生的算術更加重要嗎？尤其，我認識一朵世上獨一無二的花，只存在於我的星球，其他地方再也找不到，而有天早上，有隻小綿羊一口就把花兒吃掉了，甚至不明白自己做了什麼事情，這樣難道還不重要嗎？」他漲紅了臉，繼續說：

「如果某人愛著一朵花，而她只存在於天上好幾百顆星星裡的一顆，他只要仰望星空，就會感到幸福了，他心裡知道：『我的花兒就在那裡，在某個地方……』如果綿羊就這麼吃了那朵花，對他而言，就好像滿天繁星瞬間都熄滅了，這難道還不重要嗎！」

他突然抽抽噎噎地哭了起來，無法再言語。夜幕逐漸低垂，我放下了手上的工具，也不在乎什麼榔頭、螺絲、口渴跟死亡了。在一顆星球，一顆行星，在我的星球，在地球上，有一位小王子需要安慰！我把他抱在懷裡，輕輕搖著，我告訴他：「你所愛的那朵花不會有危險的⋯⋯我會幫她畫一個嘴套給綿羊⋯⋯我會為你畫上護欄給花兒⋯⋯我⋯⋯」我不知道要說什麼才好，覺得自己很笨拙，不知道小王子心在何方，不知道如何才能接近他⋯⋯唉，淚水的國度，實在是太神祕了！

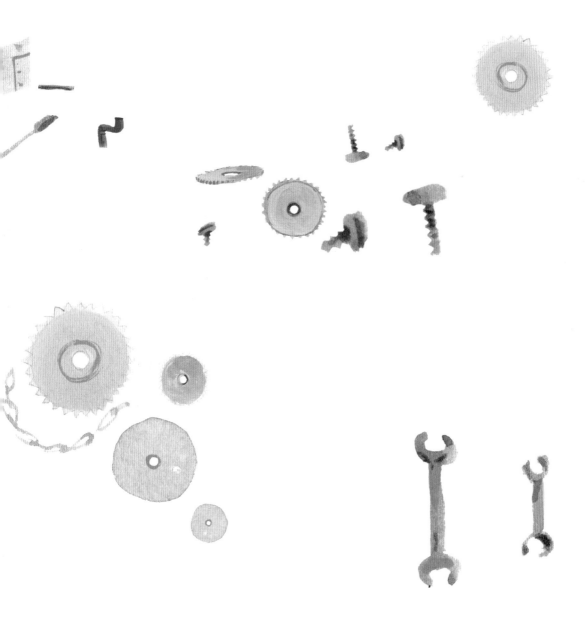

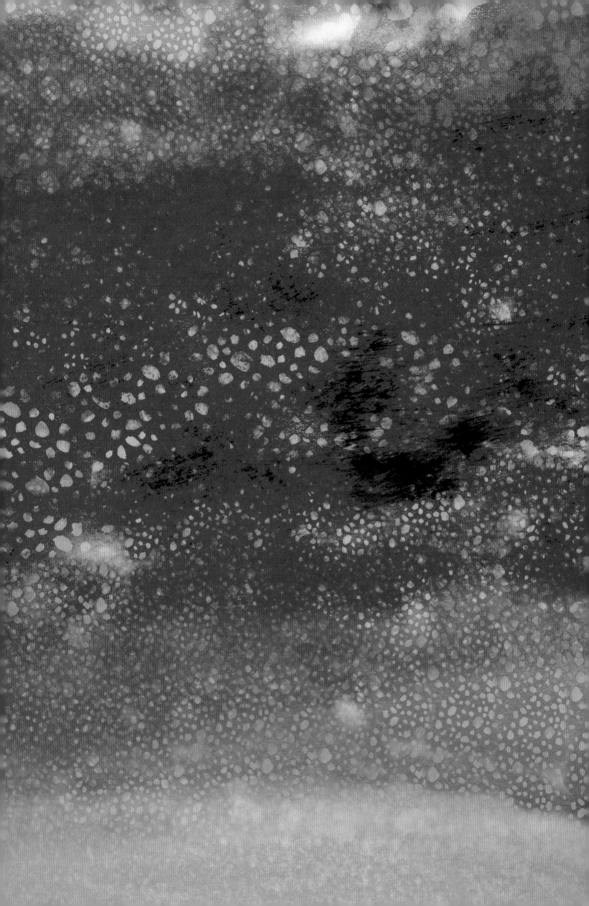

8. 我不懂得如何愛她

很快的，我對小王子的這朵花有了更深的認識。在小王子的星球上，也曾經有過許多花兒，簡簡單單的，只有一層花瓣，不占什麼空間，也不打擾任何人。早晨，她們在草叢裡綻放，到了夜晚時便凋謝。但是，某一天，有一朵花從不知道哪裡來的種子裡冒出了芽。小王子仔細端詳著這株與眾不同的小枝芽，一開始，以為只是新品種的猴麵包樹，但小灌木很快地不再生長了，並且開始孕育花朵。小王子看著巨大花蕾成形，意識到奇蹟即將出現，但花兒似乎還沒準備好如何展現自己最美的樣子。她繼續躲在綠色的花房裡，精挑細選自己的顏色，仔細地調整著花瓣，不疾不徐地梳妝打扮。她不希望自己看起來像罌粟花一樣皺巴巴的，只想帶著絢麗光芒現身。是的，她就是愛打扮，日復一日持續著神祕的打扮。終於，一天早上，就在清晨破曉時分，她登場了。

在完成精心裝扮後，她邊打著哈欠邊說道：

「啊！我剛剛才睡醒，請原諒我，我的頭髮還很凌亂……」

小王子掩不住讚賞地說：

「您真的好美！」

「可不是？」花兒徐徐回答，「我可是和太陽同時誕生的……」

小王子感覺她不太謙虛，但卻又如此動人。

「我想，該是吃早餐的時候了。」她又緊接著說：「您

能為我準備嗎？」

　　小王子感到有些困惑，但也趕緊找了一壺新鮮的水，為她送上。

　　就這樣，她開始用她敏感多疑的虛榮心折磨著小王子。例如有一天，當她談起自己的四根刺時，她說：

　　「有爪子的老虎會來吧！」

　　「我的星球上沒有老虎，何況老虎也不吃草。」小王子反駁地說。

　　「但我不是草，」花兒輕聲地回答。

　　「對不起……」

　　「我並不擔心老虎，不過我卻很怕穿堂風，請問有沒有屏風？」

　　「害怕穿堂風，這對植物來說，也太不幸了。」小王子心裡想著：「這朵花真是複雜難懂。」

　　「晚上的時候請你幫我蓋上玻璃罩，你這裡好冷，不太好住，我來的那個地方……」

　　她旋即打住了話。她從種子而生，對於其他世界，根本一無所知。當她意會到如此幼稚的謊言可能被戳破而感到困窘時，便輕咳了兩三聲，想讓小王子覺得是自己理虧：

　　「屏風呢？」

　　「我正要去拿，但妳一直跟我說話呀！」

　　她強裝咳嗽，想讓小王子更加內疚。

　　儘管小王子鍾愛著她，卻很快對她起了疑心。小王子曾經把她那些不重要的話當真，這讓他開始變得很不快樂。

「我不應該聽她說那些話的。」小王子有一天向我訴說：「根本就不應該聽花兒的話，只要看著她們、聞著花香就好了。她讓我的星球充滿芬香，而我卻不懂得享受這份喜悅。那些爪子的事情，曾經讓我感到惱怒，但其實只是她想要得到我的同情憐憫……。」

　　他又對我承認：

　　「我那時什麼都不懂！我應該從她的行為，而不是從她所說的話來理解她。她為我散發芬芳，讓我歡喜，我實在不應該逃走的！我應該從她那些彆腳的詭計中猜出背後所隱藏的溫柔，花兒是如此的矛盾，而我實在太年輕了，不懂得如何愛她。」

9. 出走

　　我相信，小王子是趁著一群野鳥遷徙時逃離他的星球的。在離開的那個早上，他把他的星球整理得井然有序，也很仔細地把活火山清掃了一遍。他擁有兩座活火山，每天早晨用來熱早餐，是再方便也不過了。還有一座是死火山，但就像他常說的：「世事難料！」，所以他也順手清理了。火山噴發其實就跟煙囪冒火是一樣的道理，如果好好清理，火山就會穩定而緩慢地燃燒，不會突然噴發。很顯然地，在我們的地球上，人是如此的矮小，沒有辦法清理火山，火山也因此帶給我們無窮無盡的煩惱。

　　小王子心想自己不會再回來了，帶著些微憂傷地拔掉了最新長出的幾株猴麵包樹。這些平時再熟悉也不過的事情，在那天早上，卻顯得格外令人珍惜。當他最後一次為花兒澆水，蓋上玻璃罩時，他發現自己有股想哭的衝動。

　　「再見！」他對花兒說。

　　但她並沒有回答。

　　「再見！」他又重複說了一次。

　　花兒咳了一聲，但並不是因為她感冒了。

　　「我真是愚蠢！」花兒終於說話了：「請你原諒我，也請設法快樂一點。」

　　他很驚訝花兒一點也沒責怪他，不知所措地站在那裡，玻璃罩還舉在半空中。他實在無法理解她這份冷靜的溫柔從何而來。

　　「是的，我愛你。」花兒對他說：「但你卻完全不知道，

這是我的錯。不過這也不重要了，看來你跟我一樣傻呢。請設法快樂一點……把玻璃罩拿走吧，我不需要了。」

「那風呢？」

「我的感冒其實沒那麼嚴重……夜裡的清風也很舒暢，畢竟我是一朵花啊。」

「但那些動物呢？」

「蝴蝶看起來很美麗，如果我想要認識牠們，總得忍受二、三隻毛毛蟲，否則有誰會來找我呢？反正你以後會離我很遠，至於那些動物，我一點兒也不擔心，我也有我自己的爪子」。

她天真地展示了四根花刺，然後接著說：

「不要再拖延了，這讓人覺得很煩。既然你已經決定離開，就走吧。」

因為，她不希望讓對方看到自己哭泣的樣子，她真是一朵驕傲的花兒。

10. 所有人都是我的臣民

　　小王子來到了第 325、326、327、328、329 和第 330 號星球這一帶。他從拜訪這些星球開始他的旅程，想要找點事情做，並且展開學習。

　　第一個星球住著一位國王。國王身穿著鼬皮裝飾的絳紅長袍，正襟危坐在簡單卻莊嚴的寶座上。

　　當國王看到小王子時驚呼了一聲：「啊！來了一位臣民。」

　　小王子自忖：

　　「他從未見過我，怎麼認得我呢？」

　　他不知道對國王而言，世界很簡單，所有人都是他的臣民。

　　「請靠近一點，讓我看看你。」國王這樣對他說，他對於自己身為某人的國王而感到很自豪。

　　小王子望了望四周，想找個位子坐下來，但國王的美麗長袍似乎占滿了整個星球，小王子只好站著。然而，他實在有點累了，便打起了哈欠。

　　「在國王面前打哈欠是不禮貌的。」這位君主向小王子說：「我禁止你這麼做。」

　　「我實在忍不住。」小王子困惑地回答：「我走了很久的路，都還沒睡覺呢……」

　　國王說：「那麼，我就命令你打哈欠。我已經很多年沒看過任何人打哈欠了，打哈欠對我來說很新奇。來，你繼續打哈欠，這是命令。」

　　「這樣反而讓我很緊張……我沒辦法繼續……」小王子

漲紅了臉。

「哼！哼！」國王回答說：「那麼我……我命令你一下子打哈欠、一下子……」

他有點口吃，而且顯得有些懊惱。

這位國王真是一位專制的君主，一心想要別人尊重他的權威，無法忍受有人不服從他。但是，由於他是一個好國王，他下的命令都是合理的。

他常常說：「如果我對一位將軍下命令，要他變成一隻海鷗，而他不從，這不會是他的錯，而是我的錯。」

「我可以坐下來嗎？」小王子靦腆地詢問。

「我命令你坐下。」國王回答，同時威風凜凜地將長袍挪開了一角，好讓小王子坐下。

小王子覺得很訝異，這顆星球這麼小，國王到底能夠統治什麼呢？

「陛下，」小王子問：「請容我冒昧請問您……」

「我命令你向我提問。」國王趕緊說。

「陛下……您統治什麼呢？」

「一切。」國王簡潔有力地回答。

「一切？」

國王慎重地伸出手，指了指他的星球，還有其他行星和所有星星。

「這一切全部？」小王子問。

「這一切全部……」國王回答。

看來，他不僅是個專制的君主，還是全天下的君主。

「所有星星都臣服於您？」

「當然。」國王說：「他們都得立刻服從，我無法忍受缺乏紀律。」

這樣大的權力讓小王子感到驚嘆不已。如果他也擁有這樣的權力，那麼他一天內不只可以觀賞四十三次落日，而是可以觀賞七十二次或上百次，甚至二百次落日了，並且完全不用挪動他的椅子！小王子一想起他所離棄的星球，不禁感到難過，他鼓起勇氣向國王請求一項恩賜：

「我想看落日……是否有這個榮幸……請您命令太陽下山吧……」

「如果我命令一位將軍像蝴蝶一樣在花朵間飛舞，或是寫下一齣悲劇，又或者變成一隻海鷗，如果這位將軍不聽命，你覺得這是他的錯或是我的錯？」

「是您的錯。」小王子肯定地說。

「對，我們只能要求每個人去做他能做到的事。」國王回答：「權力必須行之有理。如果你命令你的子民去跳海，他們必定起來革命。我之所以有權力要求他們服從，是因為我的命令都是合理的。」

「那我的落日呢？」小王子又重複問。他一旦提出問題，就會追根究柢。

「在我的要求下，你會看到落日的。但是，依據我的治理哲學，我必須等待所有條件成熟。」

「那是什麼時候呢？」小王子問道。

「嗯！嗯！」國王翻閱了一下厚重的年曆，然後回答：「會是……大概……大概……是今晚將近七點四十分！你將會看到我的命令被遵從。」

小王子又打了哈欠。他很惋惜沒有落日可以看，然後開始覺得有點不耐煩了，他告訴國王：

　　「我在這裡沒有什麼事可以做了，我要離開了！」

　　「不要離開。」國王好不容易才有了一位臣民，他說：「不要離開，我任命你擔任部長！」

　　「什麼部長？」

　　「部長……司法部長！」

　　「但是，這裡沒有人可以讓我審判啊！」

　　「誰知道。」國王說：「我尚未巡視過我的國土，因為我很老了，而且這裡沒地方可以放馬車，走路也會讓我疲累。」

　　「喔！我已經看過了，」小王子同時也傾身看了一眼星球的另一邊，然後說：「那邊也沒有人……」

　　「那麼，你可以審判你自己。」國王回答：「這是最困難的事。比起審判他人，審判自己要困難許多。如果你可以做到審判自己，這代表你是一位真正的智者。」

　　「我，我隨時隨地都可以審判自己，沒有必要住在這裡。」小王子說。

　　「嗯！嗯！」國王說：「我知道在我的星球某處，有一隻年邁的老鼠，我在夜裡聽過牠的聲音，你或許可以審判這隻老鼠。你可以不時地判牠死刑，然後，牠的生命就會取決於你的審判。但是，你也必須每次都赦免牠，因為我們只有一隻老鼠，要省著點用。」

　　「我並不喜歡判人家死刑，我想我要離開了。」小王子回答。

「不！」國王說。

雖然小王子已經準備好要離開了，但他並不想讓年邁的國王感到難過。於是他說：

「如果陛下您希望別人完全服從您，那麼您可以給我一個合理的命令，例如，在我離開前一分鐘命令我離開，我覺得條件已經成熟了……」

國王還沒有回答，小王子猶豫了一會兒，然後嘆了一口氣就起身離開了。

「我讓你擔任我的大使。」國王急忙呼喊。

國王滿臉威嚴。

「大人總是這麼奇怪。」小王子自言自語，踏上他的旅程。

11、 請仰慕我

第二個星球住著一位愛慕虛榮的人。

「啊！啊！我的一位仰慕者來了！」這位愛慕虛榮的人大老遠看到小王子時，就大聲嚷嚷了起來。

對於愛慕虛榮的人而言，其他所有人都是他的仰慕者。

「您好！」小王子說：「您的帽子很奇怪。」

「這是用來致意的。」愛慕虛榮的人回答說：「如果有人為我喝采，我就會用它來致意還禮，只可惜，從來就沒有人打這兒經過。」

「啊，真的？」小王子疑惑地說。

「請你兩隻手互相拍一拍。」愛慕虛榮的人建議小王子這樣做。

小王子雙手一拍，愛慕虛榮的人便謙謙有禮地舉起帽子向他致意回禮。

「這比去拜訪國王有趣多了。」小王子對著自己說，然後他又再拍了一次手，愛慕虛榮的人也再度舉帽致意回禮。

大約重複五分鐘後，這樣的遊戲開始讓小王子感到單調而厭倦了：

「怎麼樣可以讓你的帽子脫下來呢？」小王子問道。

愛慕虛榮的人並沒有聽到，他只聽得到讚美的話。

「你真的很仰慕我嗎？」他問小王子。

「仰慕是什麼意思？」

「仰慕意味著你認為我是這顆星球上最帥、最會打扮、最富有、也是最聰明的人！」

「但這星球上只有你一個人啊！」

「行行好，請你還是仰慕我吧！」

「我仰慕你，」小王子聳聳肩地說：「但究竟是什麼讓你如此樂此不疲呢？」然後，小王子便離開了。

「大人真的是很奇怪！」小王子自言自語地踏上旅途。

12. 為了遺忘

下一個星球，住著一位酒鬼。這次的拜訪非常短暫，但卻讓小王子陷入無比的憂傷：

「你在做什麼？」小王子問。那位酒鬼靜靜地坐在一大堆酒瓶前面，有些是空的，有的還裝滿了酒。

「我在喝酒。」這位酒鬼滿臉憂愁地回答。

「為什麼你要喝酒呢？」小王子問他。

「為了遺忘。」酒鬼說。

「為了遺忘什麼？」小王子詢問他，也開始同情起他。

「為了忘掉我的羞愧。」酒鬼低下頭來坦誠地說。

「你羞愧什麼呢？」想要拯救他的小王子持續追問。

「為喝酒感到羞愧。」酒鬼回完話後，陷入了沉默深淵，不再言語。

小王子只好困惑地離開了。「大人真的非常非常奇怪。」小王子在旅途中不斷思量著。

13、 我擁有一朵花

第四個星球是一位生意人的星球。小王子抵達的時候，這個生意人忙碌到連頭都沒能抬起來一下。

「你好。」小王子說：「你的香菸熄了。」

「三加二等於五，五加七等於十二，十二加三等於十五，你好，十五加七等於二十二，二十二加六等於二十八，我沒空重新點菸，二十六加五等於三十一，喔！這樣一共是五億零一百六十二萬兩千七百三十一。」

「五億個什麼？」

「咦，你還在？」五億一百萬個⋯⋯我不知道啦⋯⋯我實在太忙了！我是一個認真的人，我沒有興致和別人閒聊！二加五等於七⋯⋯」

「五億一百萬個什麼？」小王子再問了一遍。小王子一旦問問題，就會追根究柢，不輕言放棄。

生意人抬起頭說：

「我住在這個星球已經五十四年了，總共只被打斷了三次。第一次是在二十二年前，天知道從哪裡掉下來一隻金龜子，發出可怕的噪音，讓我在算加法時錯了四個地方。第二次是在十一年前，由於我沒有時間到處

閒逛，缺乏運動，我的風濕症因此發作了。你看，我是多麼認真的人。第三次……就是這次！我剛剛算到哪……五億一百萬個……」

「百萬個什麼？」

生意人知道他沒指望能有片刻安寧了：

「上百萬個有時可以在天空中看見的小東西。」

「蒼蠅嗎？」

「當然不是，是那些會閃閃發亮的小東西。」

「蜜蜂嗎？」

「不是啦，是那些讓遊手好閒的人看著就會胡思亂想的金色小東西。至於我，我是認真的人，我沒有空去胡思亂想。」

「啊！是星星？」

「沒錯，就是星星。」

「五億個星星，你打算要做什麼？」

「五億零一百六十二萬兩千七百三十一，我是認真的人，我講求精確。」

「你要拿這些星星做什麼？」

「我要做什麼？」

「對。」

「沒有要做什麼，我只是擁有它們。」

「你擁有這些星星？」

「是的。」

「我見過一位國王……」

「國王並不擁有，只是『統治』它們，這兩者非常不同。」

「那你擁有它們有什麼用呢？」

「這會讓我變得富有。」

「變得富有，有什麼用呢？」

「如果有人發現了其他星星，我就可以買下來。」

「這個人，他的思考方式有點像我認識的那位酒鬼。」小王子自言自語。

然後，他接著又問：

「我們要如何擁有星星？」

「不然，它們屬於誰呢？」生意人暴躁地反問。

「我不知道，不屬於任何人吧。」

「它們當然是屬於我的，因為我是第一個想到這件事的人。」

「這樣就行了嗎？」

「當然，當你發現了一顆鑽石，它不屬於任何人的，你就可以擁有它；如果你發現了一座島嶼，它不屬於任何人，就可以屬於你。如果你最先擁有一個想法，你可以去申請專利，它就是屬於你的了。既然在我之前，沒有人想過要擁有這些星星，那我自然就擁有它們了。」

「這倒是真的。」小王子問：「你打算拿這些星星做什麼？」

「我要來管理它們，我會一次又一次清點它們的數量。」生意人說：「這是件困難的事，但我就是一個這麼認真的人！」

小王子還是不滿意他的回答。

「換作是我，如果我擁有一條絲巾，我會把它圍繞在

脖子上，戴著走。如果我擁有一朵花，我會摘下它，帶在身上。但是，你卻無法摘下星星啊！」

「的確不能，但我會把它們存放在銀行裡。」

「這是什麼意思？」

「意思是說，我會用小紙條寫下星星的數量，然後把它鎖進抽屜裡。」

「就這樣？」

「這樣就夠了。」

「真有趣。」小王子心裡想：「這倒別具詩意，但並不是件重要的事情。」

小王子對於什麼是重要的事情，顯然和大人想得很不一樣。

小王子繼續說：「我擁有一朵花，我每天為它澆水。我擁有三座火山，我每週都會清理一遍，甚至連死火山也清理，以防萬一。我擁有它們，對於花兒或火山來說，是一件有用的事情，但是你對於你的星星而言，根本毫無用處。」

生意人頓時啞口無言。於是，小王子就離開了。

「大人真的是非常奇怪啊！」小王子在旅途中如此喃喃自語。

14. 關心自己以外的事物

第五顆星球很奇特，也是所有星球中最小的一顆。它的大小剛好只容得下一盞路燈，以及一位點燈人。小王子實在無法理解，在浩瀚宇宙中，在這麼一顆沒有任何房子、沒有人口居住的星球上，卻有著一盞路燈及一位點燈人，這要做什麼呢？小王子心想：

「這位點燈人或許很奇怪，但又比國王、愛慕虛榮的人、生意人及酒鬼好一些。至少，他的工作具有某種意義。當他把路燈點亮時，彷彿一顆星星或一朵花兒誕生了，而當他把燈熄滅時，就好像花兒或星星也入眠了。這個職業很美，正因為它很美，所以它是有用的。」

小王子一抵達這顆星球，便恭敬地向這位點燈人問候：

「早安，為何你要把燈熄滅呢？」

「這是命令，早安！」點燈人回答。

「命令是什麼？」

「就是把燈熄滅，晚安！」

然後，他又重新把燈點燃。

「為何你又把燈點亮？」

「這是命令。」點燈人回答。

「我不懂。」小王子說。

「沒有什麼要弄懂的。」點燈人說：「命令就是命令，早安！」

然後，他又把燈熄滅了。

接著，他用一條紅格子手帕擦了擦額頭上的汗珠。

「我的工作真辛苦。以前還算好，我只要早上熄燈、傍晚點燈就可以了，白天還有時間可以休息，夜裡也可以好好睡覺……」

「那麼，現在命令改變了嗎？」

「命令並沒有改變。」點燈人說：「這就是悲劇所在！」

因為，星球自轉的速度一年比一年更快，但命令卻沒有跟著改變啊！」

「然後呢？」小王子問。

「然後現在，一分鐘就自轉一次，我必須在一分鐘內熄燈又點燈，連一秒鐘都無法休息！」

「真有趣，這裡過一分鐘等於過了一天！」

「一點都不有趣，」點燈人說：「我們已經聊了一個月了。」

「一個月？」

「是啊，過了三十分鐘，就是過了三十天了！晚安。」

他又重新把燈點亮了。

小王子注視著點燈人，他很喜歡這位點燈人，因為他對於命令，是如此忠誠盡責。小王子想起了自己曾經挪動椅子去追逐落日，於是很想幫幫這位朋友：

「你知道嗎？如果你想要休息的話，我有一個方法……」

「我一直都很想啊。」點燈人說。

因為，一個人可以同時忠於職責但又偷懶。

小王子接著說：「你的星球這麼小，只要跨個三步就可以繞一圈。你只要慢慢地走，就能一直看到太陽。當你想要

休息時，你就繼續走……你想要有多久的白天就有多久。」

「這於事無補啊！」點燈人說：「我最想做的事就是睡覺。」

「這樣真不幸。」小王子說。

「這樣真不幸。」點燈人說：「早安！」

然後，他又把燈熄了。

小王子繼續遠行，心裡想著：「這位先生，或許會被其他所有人瞧不起，例如國王、愛慕虛榮的人、酒鬼、生意人。然而，他卻是唯一一位我不覺得可笑的人，或許是因為，他還會關心自己以外的事物。」

他惋惜地嘆了一口氣，並對自己說：「這位先生是唯一一位可以做朋友的人，但他的星球實在太小了，容不下兩個人。」

小王子沒有勇氣承認，離開這顆星球讓他心生惋惜，其實是因為，這裡，蒙上天所賜，二十四小時內竟然就有一千四百四十次落日。

15、 下一刻就有消失的危險

第六顆星球比前一顆大了十倍。星球上住著一位老先生，他不停撰寫著一本又一本的厚重書籍。

「看啊，來了一位探險家！」他看到小王子時，驚呼了一聲。

歷經了長途跋涉，小王子在他的桌前坐了下來，稍作喘息。

「你從哪裡來？」老先生問他。

「這本厚厚的書是什麼書？」小王子問：「您在這裡做什麼？」

「我是地理學家。」這位老先生說。

「什麼是地理學家？」

「地理學家就是知道哪裡有大海、河流、村莊、山川及沙漠的學者。」

「聽起來很有趣。」小王子說：「總算遇到一個有真正職業的人了！」小王子環顧四周，看了看地理學家的星球，他從未見過如此壯麗的星球。

「您的星球真是美麗，這裡有海洋嗎？」

「我無從得知」地理學家說。

「啊！」小王子頗失望：「那麼有山脈嗎？」

「我無從得知。」地理學家說。

「那有村落、河流及沙漠嗎？」

「這我也無從得知。」地理學家說。

「但您是地理學家啊！」

「是啊！」地理學家說：「但我並不是探險家，事實上，我缺少的正是探險家。能夠去探查村落、河流、山川、海洋或沙漠的，並不是地理學家。地理學家實在太重要了，所以不能離開他的書房到處閒晃。但是他可以接待探險家，詢問他們，記錄下他們對於旅程的回憶。如果他對其中某一位的回憶感興趣，便會對這位探險家的品格做一番考察。」

「為什麼？」

「因為一個會撒謊的探險家，將會對地理學家的著作

帶來災難，而愛酗酒的探險家也是一樣。」

「為什麼？」小王子又問。

「因為酣醉的人往往會把一看成二，會讓地理學家把事實上只有一座山的地方，記錄成兩座山。」

「我認識某個人，他可能就會是個糟糕的探險家。」小王子說。

「這有可能。因此，如果探險家的人品很好，我們就會著手調查他的發現。」

「你們會去看一看嗎？」

「不，這樣就太複雜了。我們會要求探險家提出一些證據。例如，如果他發現的是一座高山，我們會要求他帶來一些大石塊。」

地理學家突然間激動了起來。

「就是你，你從遠方來！你就是探險家！你可以向我描述你的星球！」

於是，地理學家打開紀錄本，削好鉛筆。他會先用鉛筆記下探險家的敘述，等探險家提供了證據之後，再用墨水筆記錄下來。

「所以？」地理學家問小王子。

小王子說：「喔！我的家鄉很小，不怎麼有趣。我有三座火山，兩座是活火山，另一座說是死火山，但誰知道會不會甦醒。」

「嗯，誰曉得呢。」地理學家附和道。

「我還有一朵花。」

「我們並不記錄花朵。」地理學家說。

「為什麼？花兒是最美麗的東西。」

「因為花朵是轉瞬即逝的。」

「什麼叫『轉瞬即逝』？」

地理學家說：「地理學書籍永遠不會過時，是所有書籍裡最珍貴的，山移海枯，極其罕見。我們所描寫的，都是永恆的事物。」

「但死火山也有可能甦醒，」小王子打斷他：「什麼叫『轉瞬即逝』？」

「火山死滅也好，甦醒也罷，對我們來說並無二致。」地理學家說：「對我們而言，重要的是山本身，山是巍然不變的。」

「那什麼叫『轉瞬即逝』呢？」小王子再三地問。小王子只要問了問題，一定追根究柢，不輕言放棄。

「意思是『下一刻就有消失的危險』。」

「我的花兒下一刻就有消失的危險？」

「是的。」

「我的花兒轉瞬即逝。」小王子喃喃自語：「面對這個世界，她不過只有四根刺來保護自己，而我卻把她獨自留在家裡！」

這是小王子第一次感到後悔，但他還是打起精神來。

「您建議我接下來可以去哪裡呢？」小王子問。

「地球。」地理學家回答：「這是一個相當聞名的星球……」

然後，小王子離開了，心裡惦念著他的花朵。

16. 地球

第七顆星球就是地球。

地球可不是普通的星球！地球上有一百一十一位國王（當然，我們沒有忘了黑人國王）、七千位地理學家、九十萬個生意人、七百五十萬個酒鬼，以及三億一千一百萬個愛慕虛榮的人，也就是說，大約有二十億個大人。

為了讓您對地球的大小有個概念，我可以這樣說：在人類發明電之前，地球六大洲總共需要四十六萬兩千五百一十一位點燈人，組成一支點燈大軍。

從遠處來看，這支點燈大軍形成了壯觀的景象。他們的動作井然有序，看起來就像是歌劇院的芭蕾舞表演。首先，由紐西蘭及澳洲的點燈人登場，他們點亮了燈火後就去睡覺了。緊接著，換中國及西伯利亞的點燈人踏著舞步上臺，然後隱沒於後臺。接下來，輪到俄羅斯及印度，再來是非洲及歐洲，之後是南美洲、北美洲，他們絕對不會弄錯出場登臺的順序，這真是一場盛大的演出。

唯獨北極那位唯一的點燈人，以及他在南極的另一位同伴，他們可以過悠閒愜意的生活，因為，他們一年只點燈兩次。

17. 解謎

　　當人們想要展現機智時，有時會撒一點小謊。說到地球上的點燈人時，其實我說的並不全是實情，這可能會讓不了解地球的人產生錯誤的印象。事實上，人類在地球上所占據的面積很小。如果地球上二十億人口都站著，並緊緊靠在一起，像是參加一場集會，其實只要長寬各二十英里的廣場，就可以輕易地容下全部的人。也就是說，太平洋上的最小的島，就可以塞得下全人類。

　　當然了，大人是不會相信這件事的。他們自認為像猴麵包樹一樣重要，總是以為自己盤據了地球許多空間。你可以建議他們好好算一算，他們熱愛數字，數字令他們開心。不過，相信我吧，別浪費時間在這些令人厭煩的工作了，這沒意義。

　　小王子一來到地球，很驚訝地發現，四周看不到半個人。正當他以為來錯了星球時，發現有一個月光色的環狀物體正從沙地裡竄出。

　　小王子出於禮貌說了一聲：「晚安！」

　　「晚安！」回話的是一條蛇。

　　「我降落到了哪一個星球？」小王子問

　　「地球上，在非洲。」蛇回答。

　　「喔！……地球上沒有任何人？」

　　「這裡是沙漠，沙漠裡沒有人。地球很大的。」蛇說道。

　　小王子在一塊石頭上坐了下來，抬起雙眼望向天空：

「我常想，星星會發亮，是不是為了讓每個人有一天都可以找到自己的星球。你看，我的星球，就在我們的正上方……但卻如此遙遠。」

「它真美。」蛇說：「你來這裡做什麼？」

「我和一朵花兒處不好。」小王子說。

「喔！」蛇說。

然後，他們沉默了一會兒。

「人們在哪兒？」小王子終於重拾了話頭，問道：「這沙漠讓人覺得有點孤單。」

「在人群裡也一樣孤單。」蛇回道。

小王子凝視著他，許久後終於說：

「你真是一個奇怪的動物，細細長長像手指……」

「我的威力可是比國王的手指還更強大呢。」蛇說。

小王子露出一抹微笑：

「你一點都不強大……你甚至沒有腳……無法去旅行……」

「我可以送你去船都到不了的遠方喔。」蛇說。

蛇把自己纏繞在小王子的腳踝上，看起來像是一條黃金鍊子。

「任何人只要被我碰一下，從塵土來就得復歸塵土去。」蛇接著說：「但你看起來那麼純潔，而且來自一個

星球……」

小王子沒有答話。

「在這個由花崗岩組成的地球上，你看起來這麼弱不禁風，令人同情。如果有一天，你太想念你的星球時，我可以幫助你，我可以……」

「啊！我完全明白你的意思。」小王子說：「但為什麼你總是用謎語說話？」

「我是在解開所有謎題。」蛇說。

他們又陷入了沉默。

18. 旅人

小王子穿越了沙漠，只遇到了一朵花兒，一朵只有三片花瓣，什麼也沒有的花。

「你好！」小王子說。

「你好！」花兒說。

「你知道人們在哪裡嗎？」小王子禮貌問道。

那朵花，曾在某一天看過旅行商隊行經沙漠。她說：

「人們？的確有，好多年前看過，大約有六或七位，但誰也不知道哪裡可以找到他們。他們沒有根，風一吹就走，他們一定感到很辛苦。」

「再會！」小王子說。

「再會！」花兒說。

19、 我很孤單

　　小王子爬上了一座高山。他過去所認識的山，只有那三座高僅及膝的火山，他甚至將其中一座死火山拿來當椅凳用。「在這樣的高山上，我就可以一眼環顧整個星球及所有人……」小王子自言自語。然而，現在他所看到的，只有巨斧劈切般的峭壁尖峰而已。

　　「你好！」小王子試探地問候。

　　「你好……你好……你好……」一陣回音傳來。

　　「你是誰？」小王子問。

　　「你是誰……你是誰……你是誰……」回音回答。

　　「請做我的朋友，我很孤單。」小王子說。

　　「我很孤單……我很孤單……我很孤單……」回音又回答。

　　「真是奇怪的星球啊！」小王子心裡想：「這個星球是如此乾燥、尖銳、難以親近，而人們也缺乏想像力，一再重複別人的話……在我的家鄉，至少還有一朵花，而她總是第一個說話……」

20. 五千朵玫瑰花

　　小王子走了很久的路，穿越了沙漠、岩石及雪地之後，終於發現了一條道路，而所有的道路必定通往人們居住的地方。

　　「你好！」小王子說。

　　這是一個玫瑰盛開的花園。

　　「你好！」玫瑰花說。

　　小王子看著這些玫瑰花，全都和他的玫瑰長得很相似。

　　「你們是誰？」小王子不禁驚愕地問道。

　　「我們是玫瑰花。」玫瑰說。

　　「噢……」小王子嘆了一聲。

　　他感到很傷心。他的花兒曾經告訴他，她是全宇宙中獨一無二的玫瑰花。但是在這裡，僅僅一個花園裡，就有五千朵和她一樣的花！

　　「她一定會很懊惱生氣的。」小王子自言自語：「她如果看到這個景象……一定會很用力咳嗽，並且假裝快要死了，以免自己被人嘲笑。而我也得假裝細心照顧她，否則，為了讓我難堪自責，她真的會讓自己就這樣死去……」

　　然後，小王子繼續說：「我曾經因為擁有一朵獨一無二的花而感到富有，但其實我所擁有的，只不過是一朵平凡的玫瑰花。玫瑰花，以及我那三座高僅及膝的火山，其中一座還可能永久熄滅了，這些都不會使我成為一個高貴的王子……」說完後，他伏倒在草地上，哭了起來。

11. 重要的事情是眼睛看不見的

就在此時，狐狸出現了。

「你好。」狐狸說。

「你好。」小王子有禮貌地回答，但回過頭來，什麼也沒看到。

「我在這裡。」有一個聲音說：「在蘋果樹下……」

「你是誰？」小王子說：「你真漂亮……」

「我是一隻狐狸。」狐狸說。

「跟我一起玩，」小王子向他提議：「因為我很傷心……」

「我不能跟你一起玩。」狐狸說：「因為我還沒有被馴化。」

「啊！抱歉。」小王子說。

小王子想了想，又說：

「什麼是『馴化』？」

「你不是這裡的人。」狐狸說：「你在找什麼？」

「我在尋找人們。」小王子說：「什麼是『馴化』？」

狐狸說：「人類有槍枝，他們打獵，討厭極了！但他們也飼養雞，這是他們唯一的優點，你也在尋找雞嗎？」

「不。」小王子說：「我要尋找朋友。什麼是『馴化』？」

「這是一件經常被遺忘的事。」狐狸說：「馴化意味著『建立關係』……」

「建立關係？」

「是的。」狐狸說：「你現在對我而言，不過是個小男孩，和其他成千上萬個小男孩沒有兩樣，而我並不需要你，你也不需要我。我對你而言，也只是一隻狐狸，和其他成千上萬隻狐狸都一樣。但是，如果你把我馴化了，我們就會彼此相互需要。在我眼裡，你將是世界上獨一無二的；對你來說，我也是獨一無二的……」

「我開始懂了。」小王子說：「有一朵花，我想她馴化了我……」

「這有可能。」狐狸說：「地球上無奇不有……」

「啊！但我所說的，並不是在地球上……」小王子說。

狐狸顯得很驚訝，他問：「在另一個星球？」

「對。」

「那個星球上有獵人嗎？」

「沒有。」

「哈，這真有趣！那裡有雞嗎？」

「沒有。」

「天底下沒有十全十美的事情。」狐狸嘆了一口氣。

狐狸又回到剛才想的事：

「我的生活很單調。我抓雞，人類抓我。對我而言，所有的雞都一樣，所有的人也都一樣，我覺得有點厭倦。但是，如果你馴化了我，我的生活將如陽光普照，我將會

認得你那與眾不同的腳步聲。其他人的腳步聲，只會讓我鑽回地底，但你的腳步聲，將如樂音一般，把我從洞穴中召喚出來。還有，你看，看到那邊的麥田了嗎？我不吃麵包，麥子對我一無是處。麥田對我而言，也沒有任何意義，這實在令人難過！但是，你有一頭金黃色頭髮，如果你馴化了我，這將是一件很棒的事！因為，金黃色的麥子，會讓我想起你，而我也會愛上風吹拂過麥田的聲音。

　　狐狸安靜了下來，久久端詳著小王子。

　　「拜託……請你馴化我。」牠說。

　　「我很願意。」小王子回答：「但是我沒太多時間，因為我得去尋找朋友、認識許多事物。」

　　「我們能了解的，只有被我們所馴化的事物。」狐狸說：「人類再也沒有時間了解任何事物了。他們向商人購買現成的東西，但世界上並不存在朋友這樣的商品，人們因此再也沒有朋友了。如果你想要一個朋友，請馴化我！」

　　「那要怎麼做呢？」小王子說。

　　「要很有耐心。」狐狸回答：「首先，坐在草地上離我稍遠的地方，就像現在這樣，我會用眼角餘光看看你，你什麼都不用說，語言常常是誤會的來源。但是每一天，你可以坐得更靠近我一點點……」

　　隔天，小王子又回來原地。

「你如果每天同一個時間來會更好。」狐狸說：「例如，如果你每天下午四點來，接近三點時我就會開始感到高興，時間越近，我就越高興。四點一到，我會感到焦躁且坐立不安，我將體會到幸福的代價！但是，如果你任何時間都可能來，我將不曉得何時要把心情裝扮好……這需要建立儀式。」

「什麼是儀式？」小王子問。

「這也是經常被遺忘的事。」狐狸說。

「儀式，使得某一天和其他日子有所不同，某一小時和其他小時有所不同。例如，獵人也有儀式，每逢星期四，是他們和村裡女孩跳舞的日子。對我而言，星期四就是最棒的一天！我可以一直散步到葡萄園。但如果獵人隨時都可以跳舞，每一天就都一樣，我就別指望什麼假期了。」

就這樣，小王子馴化了狐狸。然而，當小王子離開的時刻到來：

「啊！」狐狸說：「我要哭了。」

「這是你的錯。」小王子說：「我並不想讓你難過，是你希望我馴化你的……」

「是啊！」狐狸說。

「但是你卻要哭了！」小王子說。

「是啊！」狐狸說。

「像現在這樣，你什麼也沒得到！」

「我有，」狐狸說：「因為麥子的顏色。」

然後，他接著說：

「再去看看那些玫瑰花吧，你會了解你的花兒是世界上獨一無二的。然後你再回來跟我道別，我會送你一個祕密當作禮物。」

小王子再度去看了那些玫瑰花。

「妳們和我的玫瑰花一點都不一樣，妳們對我而言什麼都還不是。」小王子對玫瑰花說：「沒有人馴化妳們，妳們也沒有馴化任何人。妳們就像以前的狐狸，他和成千上萬隻狐狸都一樣。但是，我和狐狸現在是朋友了，對我而言，他現在是世界上獨一無二的狐狸了。」

玫瑰花聽了覺得很難堪。

「妳們很漂亮，但卻很空虛。」他接著說：「沒有人會為妳們而死。而我的玫瑰，雖然任何一位路過的人都會以為她和你們是一樣的，但是就她一朵，比妳們全部都還重要。因為是她，我每日細心澆水；因為是她，我為她蓋上玻璃罩；因為是她，我為她放上屏風遮蔽；因為是她，我為她殺死了毛毛蟲（只留下兩、三隻讓牠們變成蝴蝶）。因為是她，我傾聽她的抱怨或自誇，也聽著她默不作聲。因為，她是我的玫瑰。

然後，小王子回去找狐狸：

「再見！」他說。

「再見！」狐狸說：「我要送給你的祕密，非常簡單，就是：『真正重要的事情是眼睛看不見的，唯有用心看才看得見』。」

　　「真正重要的事情是眼睛看不見的。」為了要牢牢記住，小王子反覆說著。

　　「是你花費在花兒身上的時間，才讓你的花變得重要。」

　　「是我花費在花兒身上的時間……」為了要牢牢記住，小王子反覆說著。

　　「人們總是忘記這個真理，」狐狸說：「但你不能忘記。對於你所馴化的事物，你永遠負有責任。你對你的玫瑰有責任……」

　　「我對我的玫瑰有責任……」為了要牢牢記住，小王子反覆說著。

11.　尋找

「你好。」小王子說。

「你好。」鐵道轉轍員說。

「你在這裡做什麼？」小王子說。

「我分送旅客，一批接著一批。」轉轍員說：「我將
載運他們的火車分送往不同方向，有時往右，有時往左。」

有一輛燈火通明的快車，像雷鳴般轟隆隆地經過，把
轉轍員看守室震得晃動起來。

「他們都很匆忙。」小王子說：「他們在尋找什麼？」

「連開火車的人自己都不知道。」轉轍員說。

然後，轟隆隆地，又有另一輛燈火通明的快車往相反
的方向駛去。

「他們那麼快就回來了？……」小王子問。

「這並不是同一批旅客。」轉轍員說：「這是對開的
另一輛列車。」

「他們對於自己身處的地方不滿意嗎？」

「從來沒有人會安於現狀的。」轉轍員說。

接著，又有第三輛燈火通明的火車，如雷鳴般轟隆隆

地經過。

「他們在追第一輛的旅客嗎？」小王子問。

「他們什麼也不追，」轉轍員說：「他們在車廂裡面，不是睡覺就是打呵欠。只有小孩子會把鼻子貼在窗戶上壓得扁扁的⋯⋯」

「只有小孩子知道自己在尋找什麼。」小王子說：「他們會把時間花在破舊的布娃娃上，布娃娃因此變得很重要。如果有人把它拿走，他們就會哭⋯⋯」

「他們很幸運。」轉轍員說。

23. 多了五十三分鐘

「你好。」小王子說。

「你好。」商人說。

這個商人販賣一種止渴良藥，只要服用一顆，整整一個星期都不會想要喝水。

「為什麼你要賣這個東西？」小王子問。

「這會讓人們省下大量時間。」商人說：「專家已經計算過了，每個人每一周可以因此節省五十三分鐘。」

「那省下來的五十三分鐘要做什麼？」

「可以做任何想做的事⋯⋯」

「如果是我，」小王子喃喃自語：「如果我多了五十三分鐘可用，我會用來慢慢地走向一座清冽的湧泉⋯⋯」

24. 祕密

　　我的飛機在沙漠中發生事故，已經第八天了。我一邊聽著商人的故事，一邊嚥下身邊僅存的最後一滴水。我對小王子說：

　　「啊！你的故事都很精彩，但我的飛機還沒修理好，而且已經沒有水可以喝了。如果我可以慢慢走向一座清冽的湧泉，也會感到很幸福的。」

　　「我的朋友狐狸……」小王子說。

　　「小傢伙，這和狐狸一點關係都沒有！」

　　「為什麼？」

　　「因為我們快要渴死了……」

　　他不懂我的意思，回答說：

　　「即使快要死去，曾經擁有一個朋友仍是件美好的事。像我，我很高興曾經擁有狐狸這樣的朋友……」

　　我心想，他無視於危險，從來不覺得飢渴，只要一絲陽光，他便感到滿足……。

　　他看著我，回應了我腦中的念頭：

　　「我也覺得口渴……我們去找水井……」

　　我疲憊地揮了揮手，心裡想：在這漫無邊際的沙漠中，要碰運氣去找一口井，真是一件愚蠢的事。然而，我們還是動身出發了。

我們不發一語地走了好幾個小時。夜晚來臨了，星星開始閃閃發亮，看著看著，彷彿置身夢中。因為口渴，我有點發燒，小王子說過的話，不斷地在我腦海裡盤旋著：

　　「你也覺得口渴嗎？」我問他。

　　他沒有回答我的問題，只是簡單地說：

　　「水對心靈也有好處……」

　　我不懂他的回答，但並沒有說話……我很清楚不應該再追問。

　　他累了，坐了下來，我坐在他身旁。一陣沉默後，他接著說：

　　「星星看起來很美，是因為有一朵我們看不到的花……」

　　我回答：「當然。」然後，我默默凝視著我們前方月光下的沙丘波浪。

　　「沙漠很美……」他又說。

　　這是真的，我一向很喜歡沙漠。坐在沙丘上，什麼都看不到，聽不到，然而，卻好像有什麼東西在萬籟俱靜中閃爍著……。

　　「沙漠之所以美麗，正是因為就在某處藏著一口井……」小王子說。

　　我剎時頓悟了沙漠何以散發出神祕光輝，並為之訝異不已。當我還是小男孩時，住在一棟古老的房子，傳說中房子裡埋藏著一份寶藏。當然了，從來沒有人知道寶藏在哪裡，或許根本沒有人試

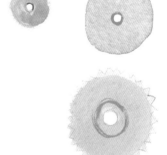

著尋找過。但是，這份寶藏卻讓那棟房子顯得如此迷人。因為，房子的深處埋藏著一個祕密……。

「是啊！」我對小王子說：「不論是房子、星星或是沙漠，它們之所以顯得如此美麗，正是因為那些看不見的東西！」

「我很高興，」小王子說：「你和我的狐狸看法一樣。」

小王子睡著後，我把他抱在懷裡，重新上路。我好似懷抱著易碎的寶藏，心裡深受感動，覺得地球上再沒有比他更脆弱的事物了。藉著月光，我看著他蒼白的額頭、緊閉的雙眼、一縷縷髮梢在風中飄起。我告訴自己：「我看見的不過只是他的外表而已，真正重要的東西是看不見的……」

他半閉的雙唇間綻放一抹淡淡的微笑，我又想到：「這位沉睡的小王子之所以深深感動我，是因為他對於一朵花的忠誠不二，即使他入睡了，玫瑰花的形樣，就像一盞燈的火焰，在他身上閃耀著光輝……」我覺得他更加脆弱了，我要好好保護著燈火，否則一陣風吹來，就熄滅了……。

就這樣走著走著，日出之際，我發現了水井。

25. 一周年

「人們總是蜂擁地擠進快車，但並不知道自己在尋找什麼。他們總是焦躁不安，來回繞圈子……」小王子說。

他接著說：「不值得這樣做……」

我們找到的井，並不同於撒哈拉沙漠的井。撒哈拉沙漠的井大都很簡單地直接在沙地上挖個洞。這口井比較像是村莊裡的井，但是，這裡並不見任何村莊，我還以為置身於夢中。

我對小王子說：「真是奇怪，什麼都準備好了，轆轤、水桶、繩子……」

他笑了，拉了一下繩子，轆轤開始滾動，像是一個被風遺忘了許久的老舊風向儀一樣嘰嘎作響。

「你聽，」小王子說：「我們把這口井叫醒了，它開始唱歌……」

我不希望他太花力氣：

「讓我來，」我說：「這對你來說太重了。」

我把水桶慢慢吊到井口邊，穩穩地固定好，耳邊依然繚繞著轆轤的歌聲，我看到太陽在水面漣漪上跳動著。

「我好渴，好想喝這個水，請給我水……」小王子說。

我終於了解他在尋找什麼了！

我將水桶湊近他的唇邊，他閉著雙眼，把水喝下去，彷彿置身節日盛宴一般美好。

這井水，不僅僅是食物，它的甜美來自星空下的跋涉、轆轆的歌聲，還有我雙臂的努力，就像是一份滋潤心靈的禮物。當我還是小男孩時，聖誕樹上的燭光、午夜望彌撒的音樂、人們溫柔的笑容，都使得我所收到的聖誕禮物充滿了光輝。

「你們人類在一座花園裡種下五千朵玫瑰……但在裡面卻找不到想找的東西……」小王子說。

「是找不到。」我回答。

「然而，他們所尋找的，或許就在一朵花身上，或者在一瓢水裡……」

「是啊。」我回答。

小王子接著說：

「但是，用眼睛是看不見的，應該要用心來找。」

我喝了口水，呼吸順暢多了。沙漠在晨曦中染上令人愉悅的蜜色。但不知為何，我仍有一絲難過……。

「你要遵守你的諾言。」小王子重新在我身旁坐了下來，緩緩地對我說。

「什麼諾言？」

「你知道的……給綿羊的嘴套……我對花兒有責任！」

我從口袋拿出一些草圖，小王子看了之後，笑著說：

「你的猴麵包樹，長的有點像甘藍菜……」

「哦！」

我曾經以自己畫的猴麵包樹為傲呢！

「你的狐狸……他的耳朵……有點像兩隻角……實在太長了！」

他又笑了。

「你太不公平了，小傢伙，我除了以前畫過蟒蛇的外觀和內部，其他根本不會。」

「哦！這就夠了。」他說：「小孩會懂的。」

於是，我畫了嘴套，但拿給他時，竟感到一陣揪心：

「你還有我不知道的計畫……」

他沒有回答，只說：

「你知道嗎，我掉落到地球上……明天就滿一周年了……」

一陣靜默後，他又說：

「我就是掉落在這附近的……」

然後，他的臉紅了。

不知為何，我再一次感到一陣莫名的悲傷。這時，我心裡冒出了一個疑問：

「八天前的早上，我並不是碰巧遇見了你。你獨自一人，在遠離人煙千里之遙的地方長途跋涉，就是為了回到你所掉落的地方？」

小王子臉又紅了。

我遲疑了一下，接著說：

「因為一周年了？」

小王子再度臉紅，他始終沒有回答，但當人臉紅時，答案其實就等於「是」，不是嗎？

「啊！」我說：「我怕……」

他回答我了：

「現在，你該工作了，該回去找你的飛機了，我在這裡等你。請你明天傍晚再回來……」

然而，我放心不下。我想起了狐狸，一旦讓自己被馴化，就有落淚的危險……。

26. 回家

水井旁邊矗立著一堵殘破的舊石牆。隔天傍晚，當我完成工作再返回時，遠遠地看見我的小王子兩腳懸空坐在石牆上頭。我聽見他正在說話：

「所以你想不起來了是嗎？」他說：「不太像是這裡！」

顯然有另一個聲音在回覆他，只聽見小王子接著反駁：

「我知道！我知道！就是今天，但地點不在這裡……」

我朝著石牆走去，沒看到也沒聽到任何人，卻聽到小王子又回答：

「……沒錯，你可以在沙地上找到我足跡開始的地方，你只要去那兒等我就好了，我今晚會到。」

到了距離石牆大約二十米遠的地方，我還是沒看到任何人。

一陣靜默後，小王子又說：

「你的毒液有用嗎？確定不會讓我痛苦太久？」

我停下腳步，心裡一沉，不明白究竟怎麼回事。

「現在你先走開。」他說：「我要下去了！」

我的目光往下望向牆角，嚇得跳了起來！牠就在那裡，一條可以在三十秒內讓你斃命的黃蛇，正昂首直立在小王子面前。我立刻拔腿往前跑，一邊從口袋裡掏出我的手槍。但是，那條蛇一聽到我的聲音，便悄悄潛入沙地，像噴泉乾涸前的最後水滴，不疾不徐地滲入石頭間隙，伴隨著微微的金屬撞擊聲。

我趕到石牆邊的時候，正好將我的小王子一把接住，抱在懷裡，他的臉色蒼白如雪。

「這是怎麼回事？你竟然和蛇說起話來了！」

我解開他從不離身的金色圍巾，用水擦拭他的雙鬢，讓他喝了點水，什麼也不敢多問。他很認真地看著我，雙臂摟著我的脖子，我感覺到他的心跳微弱，猶如一隻被卡賓槍擊中的垂死小鳥。他對我說：

「我很高興你找出了飛機的問題，終於可以回家了……」

「你怎麼會知道！」

我才正要來告訴他，我出乎意料完成了工作！

他沒有回答我的問題，接著說：

「我也是，今天我也要回家了……」

然後，他憂傷地說：

「我的路更遠……更難……」

我清楚感受到，不尋常的事情正在發生。我像抱著孩子似的，把他緊緊攬在懷裡。然而，他彷彿正墜入一個無底深淵，而我再也無法把他抓住……。

他的眼神異常嚴肅，茫然望著遠方。

「我有你給我的羊，還有給羊的盒子和嘴套……」

他露出一抹憂傷的微笑。

我等了好一會兒，他的身子才又漸漸暖和起來：

「小傢伙，你在害怕……」

他當然會害怕，但他卻溫柔地笑著說：

「我今晚可能會更害怕……」

一股無可挽回的感覺再度襲來，讓人打從心裡發冷。我知道，我承受不了再也聽不到他的笑聲。對我而言，他的笑聲就像是荒漠甘泉。

「小傢伙，我還想再聽到你的笑聲……」

但他說：

「到今晚正好一年了，我的星球，會出現在我去年掉落之處的正上方。」

「小傢伙，這個關於蛇、約會和星球的故事，都只是一場惡夢吧……」

他並未回答我，他說：

「重要的事，往往是看不見的……」

「當然……」

「花也一樣。如果你愛上某顆星星上的一朵花，當夜裡仰望星空時，你會發現那是多麼美好，好像所有的星星都綻放著花朵……」

「當然……」

「像水一樣。你給我喝的水，因為有那組轆轤和繩索，就像音樂一般美好，你記得嗎？這水非常甜美……」

「當然……」

「每天夜裡，你可以仰望所有星星。我的星球太小了，

我無法指給你看。但這樣也好，
對你而言，我的星球就在這些星星
之中，那麼，所有的星星，你都會喜歡
看……所有星星都將成為你的朋友。然後，
我要送你一件禮物……」

　　他又笑了。

　　「啊，小傢伙，小傢伙，我多麼喜歡聽你的笑聲！」

　　「這就是我要送給你的禮物……就像水一樣……」

　　「你的意思是？」

　　「星星對每一個人而言都不一樣。對旅人來說，星星是嚮導。對於其他人，星星只不過是一些小光點。對於學者來說，星星是有待研究的問題。但對我認識的那位生意人而言，星星則是財富。其實，所有的星星只是安安靜靜在那裡，而你，你擁有的星星將是別人不曾擁有過的……」

　　「你的意思是？」

　　「當你夜裡仰望星空時，我就住在其中一顆星星上，我一笑，對你而言，就好像所有星星都綻放了笑容。如此一來，你將擁有會笑的星星！」

　　這時，他又笑了。

　　「當你不再感到難過時（人們總會自我療癒），你將會因為認識我而感到高興。你將永遠是我的朋友，渴望和我一起歡笑。你將不時打開窗戶，讓自己高興……你的朋友看你笑著仰望天空，會覺得很奇怪，而你會告訴他們：「是啊，就是這些星星，總是讓我歡笑。」然後，他們一定會認為你瘋了，這就是我對你的惡作劇……」

接著，他又笑了。

「就好像我所給你的，不是星星，而是一堆會笑的鈴鐺⋯⋯」

他又笑了一陣，然後恢復嚴肅的神情：

「今晚⋯⋯你知道的⋯⋯不要來⋯⋯」

「我不會離開你的。」

「我看起來會很痛苦⋯⋯看起來就快要死去。就只是這樣，你不要來看，沒有必要⋯⋯」

「我不會離開你的。」

然而，他看起來憂心忡忡。

「我會這麼說，也是因為蛇。你不能被咬。蛇，很兇的，他們有時咬人只是為了好玩。」

「我不會離開你的。」

不過，想到一事讓他感到寬心：

「說真的，他應該沒有毒液再去咬別人了⋯⋯」

那天晚上，我沒有看到他離開，他一聲不響地走了。當我追上他時，他正以堅定的步伐快步走著，只是對我說：

「啊！你在這裡⋯⋯」

他牽著我的手，仍然很擔心地說：

「不要這樣，你會難過的。我會看起來像是死了一樣，但其實不是真的⋯⋯」

我沉默不語。

「你知道的，回去的路很遠，我無法帶著這副身軀，它太沉重了。」

我沉默不語。

「像是丟棄一副舊皮囊而已，不要難過，就只是舊皮囊而已……」

我還是沉默不語。

他看起來有些氣餒，但又打起精神：

「這樣滿好的，你知道的。我也會仰望這些星星，所有的星星就像是一口口掛著生鏽轆轤的水井，讓我汲水止渴。」

我依然沉默不語。

「這會很有趣的！你將擁有五億個鈴鐺，而我將會擁有五億座水井……」

他也沉默下來，因為他哭了……。

「就在這裡，讓我自個兒走吧。」

然後，他坐了下來，因為他害怕了。

他說：

「你知道嗎……我的花……我對她有責任！她是如此弱小，如此天真！她什麼都沒有，只有四根刺來保護自己，對抗這個世界……」

我再也站不住，只好坐了下來。他說：

「好了，這些就是我要說的……」

他遲疑了一會兒，然後站了起來，往前跨出步伐，而我卻動彈不得。

只見他的腳踝處發出一道黃光，一瞬之間，他僵住不動，沒有喊叫聲，就像一棵樹，慢慢地倒了下來，倒在沙地上，連一點聲音也沒有。

11、 在宇宙不知名的某處

沒有錯，六年已經過去了……我尚未對任何人說過這個故事。當時迎接我的夥伴們，看到我活著回來都很高興。那個時候我很悲傷，但我對他們說：「因為我很疲憊……」

現在，我的心情稍微緩和下來，不過這也就是說……我其實尚未完全平復。但我知道小王子回到他的星球了，因為那天黎明時，我沒有找到他的身軀，畢竟他的身軀並沒有那麼沉重……從此，我喜歡在夜裡聆聽星辰，好像聆聽著五億個鈴鐺……。

可是，現在又發生了一件不尋常的事情。我畫給小王子的羊嘴套上，竟然忘了畫上皮帶！他永遠無法將嘴套綁在綿羊的嘴巴上了。於是，我不禁自忖：「他的星球不知道怎麼了？說不定他的羊已經把花兒給吃了……」

有時，我告訴自己：「應該不會發生這種事！小王子每天晚上都會為花兒蓋上玻璃罩，並且看好他的羊……」想到這裡，我就覺得開心，滿天的星星也都輕輕地笑了。

有時，我又想到：「我們總是會有一兩次疏忽了，那就糟了！如果哪一天晚上，他忘了蓋上玻璃罩，或者綿羊悄悄地跑了出去……」一想到這裡，所有的鈴鐺一瞬間都變成了淚珠！

這真是一件神祕的事情。對於像我一樣喜歡小王子的你們而言，在宇宙不知名的某處，一隻我們不認識的羊，牠到底有沒有把花兒給吃了？這會讓我們所看到的宇宙截然不同……。

當你仰望星空，問著自己：「綿羊到底有沒有把花兒給吃了？」然後你會發現，一切都不一樣了……。

然而，沒有一個大人可以理解這件事有多麼重要！

對我來說，這是世界上最美麗、也最淒涼的風景。它和前一頁所畫的景色是同一個地方，我再一次畫出來，是為了讓你好好看清楚。就在這裡，小王子出現在地球上，也在這裡，他從地球上消失了。

請仔細看清楚這個風景，如果有一天你去非洲旅行，在沙漠中，你才能一眼就認出來。如果你剛好路過那裡，我懇求你，不要急著經過，請在星空下佇足片刻！如果有個一頭金黃色頭髮的小孩走向你，對你微笑，卻不回答你所提出來的問題，你就可以猜得出來他是誰了！那麼，請趕緊寫信告訴我，他回來了，不要再讓我如此悲傷……。

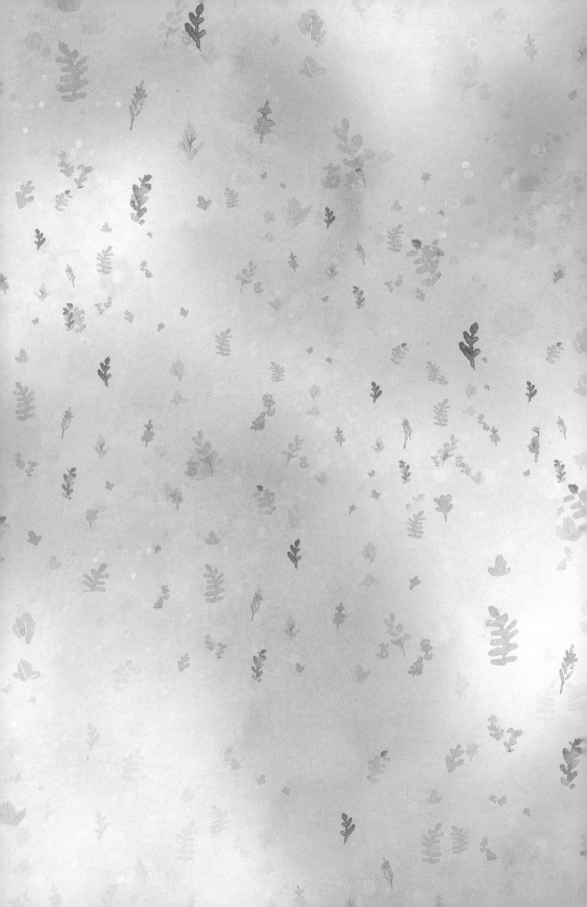

譯後記｜重讀《小王子》，再一次和自己相遇

—— 鄭麗君

　　由法國作家安東尼·聖修伯里所創作的經典名著《小王子》，雖具有童書的形式，但簡單的故事卻傳遞深刻思想，是一部充滿詩意的文學作品，觸及我們面對世界與人生的存在問題，蘊含豐富的哲學價值。《小王子》出版至今近八十年來，始終風行世界，歷久彌新，在不同時代都有新意，更值得不分年齡的每個人，在人生不同階段一讀再讀。

　　這是一個關於飛行員在沙漠中飛機失事，和一位超凡脫俗的「小王子」相遇又分離的故事。

　　小王子來自一個小星球，帶來他和玫瑰的故事。他有著一頭金黃色頭髮，認真而執著，充滿好奇心，問問題一定追根究柢，不斷探詢人生的意義。小王子在地球上認識了狐狸，學習了友誼的價值，而他那純真善良的心，以及對玫瑰忠誠的愛深深感動了飛行員。因為對玫瑰有責任，小王子必須返回自己的星球，在離開前，將他從狐狸那裡所獲得的生命祕密也送給了飛行員，那是一份關於物質與價值、愛與責任的體悟，在飛行員的心中留下無限的懷念。

故事以小說方式展開，透過簡潔的章節、簡潔的法文、簡潔的對話，以及作者的插畫，使之具有童書的形式。但是，《小王子》真的只是一本兒童讀物嗎？作品呈現了作者對世界的隱晦沉思，探問生命的存在意義，以及愛、智慧與責任等人生課題，更像是一部給所有人的現代寓言。

　　作者在獻詞裡對孩子們說抱歉，他必須將這本書獻給一位大人，隨後又修改獻詞，將其獻給這位大人的孩提時代。或許，童書形式是一種隱喻，因為每個人都曾經是孩子，小王子可以是我們每一個人的自我想像。而飛行員和小王子在沙漠中相遇，也猶如在荒漠化的世界與人生，再度和自己的純真童年相遇，開啟一段通往自己心靈的旅程，重新尋覓生命的理想境地。

真正重要的事情是眼睛看不見的

　　故事從作者回想小時候所畫的「蟒蛇」開始，發現大人們只看得到事物的表層，為了迎合大人的世界，只好隱藏自己的想像力，放棄當畫家的志向。作者透過大人眼中的「帽子」，一開始就暗示書中最核心的一句話：「真正重要的事情是眼睛看不見的，唯有用心看才看得見」，這是我們成為大人後，最容易遺忘的事情。

人類很容易只看到事物的表象，也僅從語言的表面來理。於是，作者經常使用重複的句子，有其意義，希望我們從中領略文字背後的啟示。例如，「小王子一旦問問題，就會追根究柢，不輕言放棄」這句話多次出現，除了呈現小王子的性格之外，也逼使我們須對生命不斷提問。如果人們不懂得跨越物質表面來看，就像蛇所說的：即使在人群裡，也一樣孤獨。

　　我們一不小心就可能成為小王子遊歷星球所遇到的大人們，在各自的星球，忍受孤單，沉迷於物質與虛名，陷入自己所創造的牢籠而不自覺，沒有人感到滿足，所有人不斷重複追尋，但遍尋不著。作者透過這段旅程，批判了他所身處的時代，反映人類社會裡對財富、權力、名聲及知識的盲目追求。但作者透過小王子總是和善地想要了解他們，來憐憫地看待人們在工業化資本主義中所遭遇的各種異化現象。

「愛」讓生命有不一樣的意義

　　小王子在他的 B612 行星上，日復一日清理著小火山以防止爆發，也必須不斷拔掉新長出來的猴麵包樹芽，只要一疏忽就會釀成災害。相對地，星球上某一天長出一朵脆弱的、愛撒嬌的玫瑰，驕傲性格中帶有一點狡猾，卻令小王子鍾愛不已，但又不懂得如何去愛，只好選擇出走。

玫瑰象徵著「愛」。不論親情、愛情或友情，在愛的關係裡有歡樂，也有悲傷與折磨。因為愛，小王子為了綿羊與花的戰爭而哭泣，因為愛，小王子的生命充滿光芒，就如飛行員在沉睡的小王子身上看到「即使他入睡了，玫瑰花的形樣，就像一盞燈的火焰，在他身上閃耀著光輝……」。正是因為愛，讓彼此成為生命中獨一無二的存在。

　　小王子來到地球，遇到了狐狸，這是這部作品裡最關鍵的篇章。狐狸具有洞悉人類生命的智慧，希望喚醒人的善良，真誠地懇求被馴化。狐狸告訴我們，人們被太多無意義的活動占據心靈，遺忘了「我們能了解的，只有被我們所馴化的事物」，也遺忘了「是你花費在事物上的時間，才讓事物變得重要」。狐狸送給小王子關於人生的祕密：「真正重要的事情是眼睛看不見的，唯有用心看才看得見。」小王子又將這個道理教給了飛行員：對於愛，我們有責任，也唯有愛，才讓生命有了不一樣的意義。

小王子為每個時代帶來嶄新寓意

　　作者安東尼聖修伯里於 1900 年出生於法國里昂，27歲成為飛行員，同時也是一位作家，以飛行為寫作題材。1940 年納粹德國占領法國，建立維琪政權，作者身為法國空軍的一員，流亡美國紐約。《小王子》於 1943 年 4 月

在紐約首度出版，但直到戰後 1945 年底，才得以於法國正式出版。作者創作完《小王子》後，很快又恢復了飛行員工作，投入戰爭，卻在 1944 年 7 月的一次飛行任務中失蹤，《小王子》成了他的最後遺作。

作者親身經歷兩次世界大戰的殘酷，見證資本主義所帶來全球經濟危機，也經歷過飛機失事，而在撒哈拉大沙漠中面對孤寂和死亡後才奇蹟獲救，這些都影響了他日後創作《小王子》。而當時的存在主義思潮，反思人和世界間荒謬的關係，探問人類生命存在本質，也反映了《小王子》的創作時代。

獻詞裡的好友雷昂．維赫特，是一位作家，倡導反殖民主義，批評納粹運動，於法國被德國占領期間，在位於侏羅山旁的村莊裡，如獻詞所說的「挨餓受凍」，艱辛地度過戰爭時期。作者在紐約創作《小王子》時，心懷故鄉法國和朋友們，於是將作品獻給了他。或許小王子星球裡的猴麵包樹，多少象徵著世界中如納粹般毀滅性的力量，人類社會一不小心便會被入侵，造成巨大威脅。

《小王子》出版至今已被翻譯成超過 300 多種語言，也被廣泛改編為交響樂、音樂劇、電影、動畫等各種形式的作品，已經成為全世界人們所共同擁有的文化記憶。我始終相信，不論年齡，每個人都可以從《小王子》裡領略到最適合他的人生啟示，而這一個令人愛不釋手的寓言故

事，也將對每個時代帶來嶄新的寓意。

我的《小王子》

　　我在高中時期，第一次讀小王子。那時求知慾旺盛，也受存在主義影響，印象最深的是帽子幻象，以及小王子遊歷星球時所看到的各種社會異化現象。第二次是開始學習法文後，迫不及待想要閱讀原文，當時對狐狸和玫瑰最有感受，或許是因為二十多歲的自己，正歷經對於愛與關係的人生考驗。

　　第三次則是二十年後，我在擔任文化部長任內，發現自己經常引用書中這句話：「真正重要的事情是眼睛看不見的」，鼓勵自己要做有價值的事，勿流於媚俗。時間飛逝，回首人生歷程其實輕如鴻毛，但如果你曾經為鍾愛的事物付出心力與時間，也會擁有一片綻放花朵的星空。

　　再次閱讀小王子，是為了我的六歲孩子而朗讀。我驚訝地發現，他對於蟒蛇、綿羊等看不見的事物充滿想像，也對小王子唯一想做朋友的點燈人最感興趣。那一份天生的好奇心，毫無成見的純真，不就是作者透過小王子所想要描繪的生命初始面貌？讀著讀著，對這部經典著作再度升起崇敬之心。很感謝聯經出版提出的再譯邀請，讓我有機會用自己的文字向《小王子》致敬。

我總是待孩子入睡後，一邊看著夜燈輝映著孩子天使般的臉龐，一邊重新咀嚼書裡素樸而細膩的文字，而自己就如飛行員和小王子相遇，也彷彿重新和自己相遇。每個人都曾經是孩子，即使不再年輕，但小王子的形樣，就如人生初衷，依然在心中閃閃發光……。

　　現今，人類社會面對諸多挑戰：新興疫病頻頻發生，民主依然被極權入侵，全球化與數位化讓世界更多元但也可能更一元化，讓彼此看似更靠近卻可能更加疏離？ 或許，再次閱讀《小王子》，將為我們找回生命的力量，重拾小王子所帶來的簡單、天真、清晰而善良的智慧本心，讓我們以平靜的心去面對一切艱難，以和平的方式和所有人相處，明瞭生命的價值就在於我們能夠去愛，人生方得以踏上尋覓幸福之路。

不朽

小王子 Le Petit Prince

著者	Antoine de Saint-Exupéry
繪者	Mark Janssen
譯者	鄭麗君
叢書編輯	黃榮慶
審訂	翁尚均
整體設計	朱疋
副總編輯	陳逸華
總編輯	涂豐恩
總經理	陳芝宇
社長	羅國俊
發行人	林載爵

國家圖書館出版品預行編目資料

小王子 / Antoine de Saint-Exupéry 著 .
Mark Jansse 繪 . 鄭麗君 譯 . 初版 .
新北市 . 聯經 . 2022 年 5 月 . 120 面 .
17×24 公分（不朽）
譯自：Le Petit Prince
ISBN 978-957-08-6317-8（精裝）
876.59 111006722

出版者 聯經出版事業股份有限公司
地址 新北市汐止區大同路一段 369 號 1 樓
叢書編輯電話 (02)86925588 轉 5307
台北聯經書房 台北市新生南路三段 94 號
電話 (02)23620308
郵政劃撥帳戶第 0100559-3 號
郵撥電話 (02)23620308
印刷者 文聯彩色製版印刷有限公司
總經銷 聯合發行股份有限公司
發行所 新北市新店區寶橋路 235 巷 6 弄 6 號 2 樓
電話 (02)29178022

2022 年 5 月初版 · 2022 年 8 月初版第三刷
定價：新臺幣 420 元

書如有缺頁，破損，倒裝請寄回台北聯經書房更換。
ISBN 978-957-08-6317-8（精裝）
聯經網址：www.linkingbooks.com.tw
電子信箱：linking@udngroup.com

行政院新聞局出版事業登記證局版臺業字第 0130 號

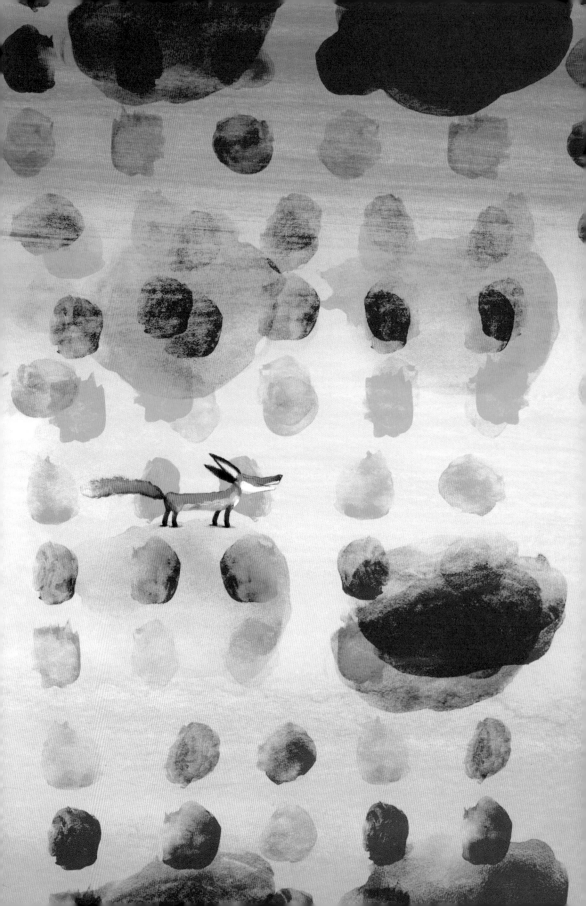

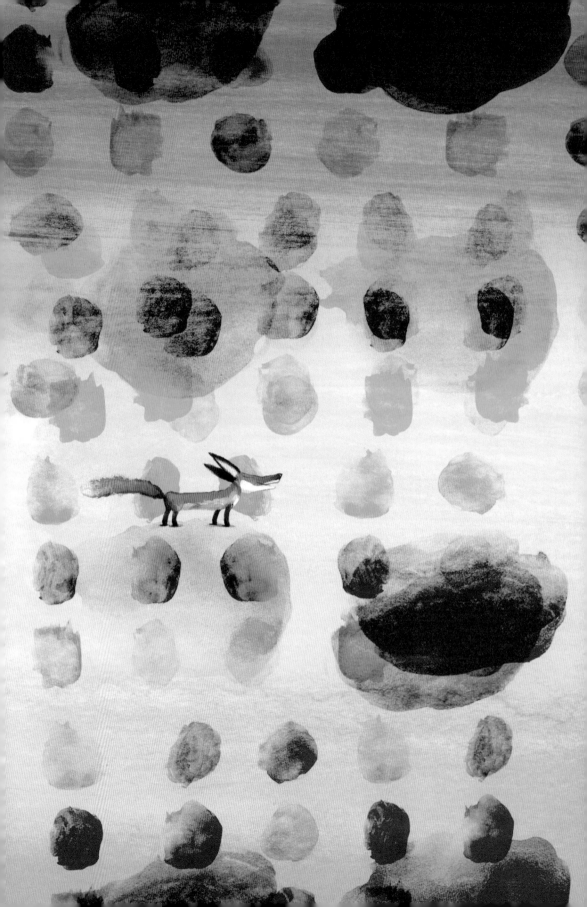